EN SAFARI

Claire Watts
Ilustraciones de Louise Voce

En África viven muchos animales salvajes.
Muchos de ellos viven en las llanuras. La
gente hace viajes llamados safaris para
observar a los animales.

LEONES

Los leones viven en grupos llamados manadas. Dos o tres leones machos, algunas leonas y varios cachorros forman una manada.

Los leones machos tienen una enorme melena sobre la cabeza y el cuello.

Los leones pasan la mayor parte del día durmiendo. Algunos duermen en los árboles.

Los leones no comen todos los días, pero cuando lo hacen, comen mucho. Primero come el león macho y los cachorros son los últimos.

Los leones de una misma manada se saludan entre ellos frotándose las mejillas.

ELEFANTES

Los elefantes son los más grandes animales terrestres.

A los elefantes les encanta el agua. Aspiran el agua con la trompa y se duchan con ella.

Los elefantes usan sus colmillos para arrancar la corteza de los árboles. También los usan para defenderse.

Los elefantes usan sus trompas como si fueran manos. Pueden levantar hojas pequeñitas o troncos enormes con gran facilidad.

Los elefantitos se chupan la trompa como los bebés se chupan el dedo.

JIRAFAS

Las jirafas son los animales más altos del mundo.

Las jirafas tienen unos cuernos pequeñitos en la cabeza. Parecen pequeñas astas cubiertas de piel.

Cuando beben, tienen que abrir las patas hacia los costados para poder llegar hasta el agua.

Las jirafas duermen durante las horas calurosas del día. La mayoría duerme de pie, pero algunas se acuestan.

Las jirafas usan sus largos cuellos para alcanzar las hojas arriba de los árboles.

RINOCERONTES

Cuando nacen, las crías de los rinocerontes no tienen cuernos. Les comienzan a salir después de unas semanas.

Los rinocerontes usan sus poderosos cuernos para cavar bajo los árboles y comer sus raíces.

Los rinocerontes tienen una piel muy dura. Usan sus cuernos para defenderse contra sus atacantes, pero en general huyen en lugar de pelear.

Los rinocerontes se revuelcan en el barro para refrescarse cuando el sol calienta mucho.

HIPOPÓTAMOS

Los hipopótamos tienen cuerpos pesados y se mueven con más facilidad en el agua que en la tierra.

Los pajaritos los mantienen limpios. Les sacan los insectos de las orejas, de las narices y de la piel.

Muy a menudo los hipopótamos se acuestan dentro del agua. Sólo se les ven los ojos, las narices y las orejas.

Los hipopótamos tienen dientes enormes y los usan para defenderse.

Los hipopótamos pueden caminar por debajo del agua de un lago o de un río.

CEBRAS

Las cebras viven en rebaños y vagan por las llanuras comiendo hierbas y hojas.

Las cebras usan el mechón de pelo de su cola para ahuyentar a las moscas.

Las cebras tienen una crin corta y espesa parada sobre la cabeza y el cuello.

Las cebras tienen anchas rayas blancas y negras. Cuando se reúnen en un grupo, es muy difícil saber cuál es cuál.

AVESTRUCES

Los avestruces son los pájaros más grandes del mundo. No pueden volar, pero corren muy rápido.

Los avestruces cavan hoyos en la arena para poner sus huevos. Varias mamás avestruces ponen los huevos juntas.

Las crías de los avestruces tienen lunares sobre sus largos cuellos.

Los avestruces tienen pestañas muy largas para proteger los ojos del polvo.

GORILAS

Los gorilas viven en las selvas donde hay muchas frutas, hojas y ramitas para comer.

A los gorilas jóvenes les encanta jugar a seguirse en fila india por las ramas.

A las mamás gorilas y a sus crías les gusta subirse a los árboles pero, cuando crecen, los gorilas machos son muy pesados para hacerlo.

Cuando se enojan, los gorilas se golpean el pecho con los puños. El ruido que hacen se parece al de los tambores.

CHIMPANCÉS

Los chimpancés viven en grandes familias. Se hablan entre ellos usando las manos y haciendo muecas.

Los chimpancés son muy ágiles para subir a los árboles y hacen sus camas en las ramas para dormir.

Los chimpancés generalmente caminan sobre las manos y los pies. Se paran cuando quieren mirar alrededor.

Los bebés chimpancés van siempre colgados de su mamá o sobre sus espaldas.

A veces, los chimpancés comen hormigas y usan unos palitos largos para sacarlas de los hormigueros.

PREGUNTAS

¿Para qué usan sus trompas los elefantes?

¿Cómo se le llama a una familia de leones?

¿Cuándo se golpea en el pecho un gorila?

¿Cómo hacen para hablar entre ellos los chimpancés?

¿Dónde ponen sus huevos los avestruces?

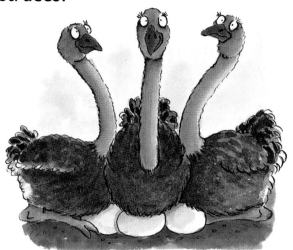

¿Cómo hacen para beber las jirafas?

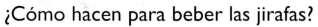

¿Cuál es el lugar preferido de los hipopótamos?

¿Qué comen las cebras?

ÍNDICE

Publicado en Estados Unidos y Canadá por
Two-Can Publishing LLC
234 Nassau Street
Princeton, NJ 08542

© Two-Can Publishing Ltd 2001
Ilustración © Louise Dodds

Para más información sobre libros y multimedia Two-Can, llame al teléfono 1-609-921-6700,
fax 1-609-921-3349 o consulte nuestro sitio Web http://www.two-canpublishing.com

Editora: Claire Watts. Diseñadora: Louis Voce. Traducción al español: Susana Pasternac.

'Two-Can' es una marca registrada de Two-Can Publishing.
Two-Can Publishing es una división de Zenith Entertainment plc.
43-45 Dorset Street. London W1H 4AB

HC ISBN 1-58728-399-9
SC ISBN 1-58728-392-1

1 2 3 4 5 6 7 8 9 10 03 02 01

Créditos de fotos: pp 2-3 Bruce Coleman, p5 Bruce Coleman, p7 Zefa, p9 Zefa, p11 NHPA, p13
NHPA, p15 Zefa, p17 Ardea, p19 Zefa, p21 Bruce Coleman, contraportada NHPA

Impreso en Hong Kong